KB071180

청어詩人選 202

여섯 번째 시집

# 연극 같은 가을비

素村兒 李錫龍

## 시인의 말

　겨울은 춥고 여름은 더운 것이 일반화된 통념적 순리라 생각하면서도 지구 온난화 때문인지 금년 여름은 유난히도 길고 무덥기 그지없어 짜증날 때가 한두 번이 아니다.

　이러한 여건 하에서 여섯 번째 시집을 발간하겠다는 일념으로 원고 정리를 하다 보니 힘에 겨웁고 실증이 난다.

　필자의 나이 어느 덧 산수(傘壽)의 중턱 준령을 넘어선 오늘인데 내 생애 마지막 작품이 될 수도 있다는 생각을 되뇌이면서 몸 안에 조금씩 남아 있는 열정과 집념을 모두 소진하면서 최선의 노력을 다하고 있으니 자부심도 느끼고 감회도 새롭다.

　모쪼록 독자 제현의 이해와 건승을 빌면서 발간사를 가름한다.

素村兒 李錫龍

# 차례

## 2부 왜 그리도 지리산이 좋았는지

## 3부  노을빛 해안에서

## 4부　저기가 정상인데

# 1부

가을비 내리는 새벽길

# 봄의 미소

혹한과 미세먼지로
짓눌리며 견뎌온 이 땅 위에
봄바람이 스며들면서
겨울잠에서 깨어나라 부추긴 날

나뭇가지에는 푸른색의 물이 오르고
진달래꽃은 활짝 피어
봄을 예찬하며 웃고 있는데
허기진 산비둘기는
먹이 찾아 집 안을 기웃거린다

하늘엔 뭉게구름 두둥실 떠있고
산들바람은 길손의 옷소매를 붙들고
봄소식을 미소로 알려준다

# 하얀 목련(木蓮) · 1


모질게도 추웠던 지난 겨울
눈보라와 한파를 이겨내고
눈이 부시도록 하얀 목련이
활짝 웃으며 세상을 반긴다

모두를 비워버린 하얀 순수가
잔잔한 미소로 다가올 때
가슴을 열고 안으려하니
시세움 많은 봄바람이
목련을 저만치 밀쳐버린다

# 하얀 목련(木蓮)·2

봄 안개 무덤으로 미세먼지가
더부살이로 들어가 뒹굴고 있을 때
담장 넘어 저만치에선
겨울을 이겨낸 개선장군처럼
하얀 목련이 활짝 웃으며
고고한 기풍으로 봄을 알린다

흐르는 세월 따라 여기까진 온
시간의 편린들은 동작을 멈추고
하얀 목련 속으로 빨려 들어갈 때
구름사이 비집고 새어나온 아침 햇살은
목련꽃을 안으며 함께 웃고 있다

# 실비 내리는 날

수양버들 잎새가 흔들린다
스치는 바람결에
오는 듯 마는 듯
실비가 내리는데
종종걸음을 재촉하는 사람보다
유유자적 느긋한 행보로
실비를 맞으며
낭만을 즐기려는 사람이 많음은
켜켜이 쌓인 아픔과 분노를
실비에 적시려는 사람이 많아서일까
아니면
발길 가는 데로 느긋하게 걷는 취향일까
실비는 계속 내리는데……

# 소나기 속으로

그렇게도 간절하게
기다리고 기다리던 단비가 내린다
굵은 빗줄기는
뇌성과 번개가 호들갑 떠는
장단에 맞춰 줄기차게 내리고

빗줄기 속을 우산도 없이
추려하게 걸어가는 사람은
뭉개져 버린 추억을 더듬어 곱씹으며
고이 간직하고 싶은가 보다
하늘 한번 쳐다보고 유유자적
집시처럼 걸어가는 길손은
어디까지 가는지……

지금도 소낙비는 내리고 있는데

# 낙엽은 가을의 종말

노랗고 빨간 자태를 뽐내던
나뭇잎새들은
바람에 쫓겨 날아온 빗방울에
저항하지 못하고 떨어지면
낙엽이란 이름표를 달고
땅에서 뒹군다

일에 쫓겨 급하게 걸어가는 사람들
낙엽을 밟으며 낭만을 즐기는 아베크족들
곱고 예쁜 낙엽을 줍는 꼬마손님들

낙엽은 이렇게 사람들의 취향에 따라
기분을 좌우지하면서
가을의 종말을 예언하며 사라진다

# 가을밤의 연가

석양 노을이 대지에 깔려오면
육신은 파김치가 된다
세월은 그렇게 병들어 가는데

얼마나 지났을까
하늘 저편에 구름떼가
바람에 쫓겨나자
샛별 하나 초롱초롱 반짝이며
환하게 웃고 있다

이때를 기다렸는가
싸늘한 밤바람이 옷깃에 파고드는 밤
숨죽여 있던 풀벌레들이
약속이라도 한 듯 애절하게 울어대니
가을밤의 연가는 낭만을 분출하고
별들은 하나둘 얼굴을 내민다

# 낙숫물 소리에

자동차의 숨 가쁜 엔진 소음도
주정뱅이의 가녀린 푸념도
예고 없이 내리는 소나기 때문에
삼경(三更)의 고요는
바다 밑처럼 무겁고 싸늘해진 밤이다

주변은 칠흑 같은 어둠으로 포장되어
만물은 숙면에 들어간 이 시간
자아의 존재를 재조명하면서
심연의 늪에서 헤매일 때
이따금씩 떨어지는 낙숫물 소리에
놀라 깬 풀벌레가 울기 시작하면서
적막한 고요가 뭉개져 버렸다

낙숫물 소리는 이따금씩
고요를 뭉개버린 서곡같구나

# 이슬비인지 안개비인지

이슬비인지
안개비인지
조용히 단비가 내린다
개울가에 늘어진 수양버들 잎새마저
흔들림이 없는 양반비다

젊은 시절에는
이슬비가 내리는 날엔
레인코트 걸쳐 입고
거리를 거닐면서 낭만을 즐겼는데
무슨 취향에서 그랬는지
이해가 안 된다

문명의 발달에 부산물인가
우주공간을 부유하면서
인간을 괴롭히는 미세먼지가
가랑비에 절어 낙진하겠군

# 가을비 내리는 새벽길

여명의 어둠이 걷히는 것 같아
새벽 산행을 가고 있는데
남쪽 하늘이 어두어지면서
부슬부슬 가을비가 내리기 시작한다
을씨년스런 가을비에
마땅히 은신처가 없어서일까
앙칼지게 지저귀는 산까치들의 울부짖음이
산울림으로 메아리 되어 귀청을 후빈다

산마루를 돌아 능선을 내려오는데
소나무 숲 저만치에서 하느적거리며
힘겹게 날아온 고추잠자리가
내 어깨 위에 사뿐히 앉아 휴식을 취한다
뜻밖의 훈장이라도 받은 기분
행여 놀랄세라 보폭을 줄이면서 천천히
산 초입까지 내려왔을 때
안녕이란 인사도 없이 홀연히 떠나는 고추잠자리는
가을비 맞으며 어디론가 가냘픈 날갯짓으로
새벽여행을 떠난다

19

# 새벽 산길

억수같이 쏟아지던 소낙비가 멈추자
아슴한 여명이 길을 열어준다

우산을 지팡이 삼아 새벽 산에 오르니
파란 잎새들이 너울너울 춤을 추며
첫손님을 반겨준다

허가 없이 산에 들어온 등산객을 질타함인가
앙칼지게 지저귀는 산까치들이 발광을 하는데
연신 고개를 끄덕이며 산꾼을 반겨주는 산비둘기와
길손 앞에서 아장 아장 길안내를 하는 참새들도
비개인 아침을 함께 열어가는 새벽 산길이다

가파른 능선에 올라
북한산을 바라보니
다섯 봉우리가 모두 구름 속에 묻혀 있는데
한 폭의 아름다운 동양화가 저기 머물러 있는듯하다

# 겨울의 문턱에서

찬 서리가 내린 슬래브 지붕 위로
세찬 바람이 핥고 지나갈 때
몸을 움츠리며 하늘을 바라보니
엷은 구름이 듬성듬성 깔려 있고
감나무 우듬지에 매달려 있는
몇 개 남아 있는 마지막 잎새들이
가는 세월 붙들고 흐느끼고 있다

가을이란 이름표를 떼려고
겨울의 문턱에 발을 올려놓은 날씨는
환절기에 왔음을 알려준 것을
노쇠한 몸뚱이가 알아채지 못했구나
다가올 한파가 걱정된 오늘이다

# 연말거리 풍광들

말도 많고 탈도 많은 한 해가 저물어가는 끝자락에
거리풍광이 볼거리로 승화되고 있다

먼저 눈에 띄는 것은 자선냄비 종소리다
사람들이 많이 다니는 길목에서
구원의 손길을 기다리는 자원 봉사자들이 흔드는 마찰
음이다

겨울방학을 반기는 학생들의 미소가 정겨웁고
방한복 차림으로 거리를 활보하는 청소년들의 당당함
이다

직장마다에는 연말 회식자리가 많아지고
친목단체모임에서는 망년회란 이름으로
술잔을 높이 들고 "위하여"를 외치는데

일용직 노동자들은 긴 연휴기간이 역겨운 듯
일자리를 기웃거리며 거리를 배회할 때

힘 빠진 노약자들은 추위에 움츠리며
절망의 한숨을 토해내고 있을 때

돈 많은 부자들은 항공기편으로 유유자적
따뜻한 남쪽나라로 가족여행을 떠나면서
"추위여 안녕"이란 손사래를 남기고 조국을 떠난다

눈이라도 소복이 내리는 날에는
기다렸다는 듯 입김으로 언 손을 녹여가며
눈사람 만들기에 열중하는 어린이들은
입가에 청순한 미소가 동심을 붙들고 있다

# 달력 한 장

새 달력 걸어놓은 지 엊그제 같은데
어느새 비워지고 달랑 한 장
바람결에 촛불처럼 흐느적거리며
초연하게 걸려 있다

가버린 세월은 돌아오지 않고
흘러갈 뿐인 것을 이제야 알 것 같다

추적추적 내리는 밤비가
울적한 마음을 달래 주려나

12월의 밤은 깊어 갈수록
고독에 목메어 흐느끼듯 스며드는데
쓰르라미는 왜 저렇게 슬피 우는지

앞으로 몇 번의 해와 달이 뜨고 지면
저 자리에 새 달력이 인사하겠군

# 눈은 햇빛에 녹는다

소복이 쌓인 눈 위를 걸어가면
걷는 자의 발자국이 남는다
발자국 흔적이 오래가지 않은 것은
눈은 햇빛에 약하기 때문이다

인생사도 이와 같아라
무엇을 하겠다는 목표를 세우고
마음을 추스르고 매진하다가
중도에 노력과 열정이 식어지면
그 틈새로 햇빛이 들어와
눈 위의 발자국처럼
녹아서 없어진다

최후에 승리의 미소를 보이지 않으려면
출발선에서 자제하는 용기가 필요한데
더듬거리다가 세월만 허송하고 후회한다

# 세월도 강물도

세월 따라 강물이 흐르는가
강물 따라 세월이 흐르는가
세월도 강물도 쉼 없이 흐르는 것은
자연의 섭리요 순리라지만
가버린 세월은 돌아오지 않기에
아쉽고 그립다

"쇠는 뜨거울 때 때려라"는 영국 속담도 있지만
기회가 왔을 때 붙들고 늘어지거나
용수철 같이 튀는 자가 출세가도에서
우쭐대는 세상임을 예전엔 미처 몰랐네

순진도 하여라
어리석을 만치
"위계질서"와 "정의"란 낱말은 사라진지 오래인 것을
주어진 일에만 매달려 한 우물만 팠던 지난날들이
주마등처럼 스쳐가는 세월 속에서
후회 없이 살아가는 선비정신이 가상하다

흐르는 강물에 달빛이 투신하여
함께 노닐자고 아양을 떠는데
풀벌레들의 애절한 멜로디가 발목을 붙들고
빈약한 가슴을 어루만져 주는구나

# 별똥별이 떨어지면

아득히 바라다 보이는 지평선
끝이 보이지 않는 호남평야에
무수한 별들이 빛을 보낸다
구름 한 점 없는 파란 하늘에는
별들이 다투어가며 빛을 깜박이는데
물갈이한 논에서는
철만난 개구리들이 목 놓아 울다가
별똥별이 떨어지는 순간
개구리들은 입을 다물고
논두렁 풀섶에서 노래하던 풀벌레들도
노래를 멈춘다

사람들의 눈에는 미물로 보이지만
자연의 변화에 민감한 동물들은
뛰어난 감각을 가진
영특한 생명체인 것을
예전엔 미치 몰랐네

# 해넘이 슬픔

작열하던 태양이
쌓인 서러움 허공에 토해내고
바다 밑으로 잠수하려는 찰나
일렁이는 너울의 몸부림은
메마른 영혼을 흔들고 있었다

흔적 없는 바람은
바다 위를 세차게 휘몰아치더니
수평선 넘어 어딘가로 사라지면서
아련한 추억도 함께 보듬고 가버리고

차가운 달빛이 구름에 가려
세상이 잿빛으로 물들어 갈 때
밀려오는 너울이 제방에 부딪쳐
하얀 포말을 토해내는 순간
해넘이의 슬픔이 절정에 이르자
관조하던 나그네도 물새들도 등을 돌렸다

# 바람에 나부낀 노란 리본

부르고 부르다가 지쳐버린
한 맺힌 울부짖음이
팽목항 포구에 메아리칠 때
물새들은 기울어진 세월호 주변을
배회하며 울고 있었지

대답 없는 영혼들의 이름을
목 놓아 불러온 지 어언 4개 성상
선창가 난간을 붙잡고 절규하면서
일렁이는 물결만 바라보다가
허탈한 가슴 보듬고
빈손으로 발길을 돌리기를 반복한 유족들

억울하고 원통하게 죽임을 당한
생떼 같은 자식들을 생각하면
좁은 가슴이 갈기갈기 찢겨나가고
눈물이 말라버려 초점을 잃었다

물새들아 너희는 보았겠지
처절하게 발버둥치는 어린 싹들의 몸부림을
인적 끊긴 팽목항엔
노란 리본만 바람에 나부낀다

# 새해맞이

한줄기 바람이 스쳐가고
해와 달이 번갈아 뜨고 지면
보신각에서 제야의 종소리 울린다

매년 이맘때면
들뜬 기분으로 새해를 마중하면
연륜은 쌓여만 가고
얼굴엔 잔주름만 늘어난다

일컬어 세월이란 단어로
모든 것을 덮어가려 하지만
스쳐간 세월 속엔 희비쌍곡선이 도사리고 있다

앞으로 남은 여생동안
몇 번을 더 되풀이 맞을지 모르겠지만
마음을 비우고 허허 웃으면서
보람 있고 알찬 해맞이가 되었으면 하는
간절함이 고개를 쳐들고 웃으면 좋겠다

# 변덕쟁이 날씨

며칠 동안 따뜻한 영상의 날씨가
오늘 저녁엔 영하 10도 이하로
곤두박질한다는 기상예보다
변덕심한 겨울날씨 때문에
감기 몸살로 시달려온 지
어언 3주 동안 고생했는데

생기발랄한 젊을 때와는 다르다
노약자는 날씨 변화에 민감한 것은
저항력의 약화 때문이다
날씨가 영상으로 풀릴 때까지
웅크리고 살아갈 일이 꿈만 같다

늙고 병든 것이 자랑도 아니고
누구의 허물도 아니지만
서글퍼진 마음만은 숨길 수가 없구나

# 겨울나들이

겨울 한파가 옷깃을 파고드는
12월 중순 어느 날 아침
울적한 마음 쓸어내리려
여행을 떠난다

철도 역사에 큰 획을 그은
날렵한 KTX에 몸을 싣고
파도 넘실대는 목포항을 향해
달려가는 차창 밖 풍광은
차갑고 처연하다

노송(老松) 우듬지에 하얀 눈을 수북이 얹고
추위에 떨고 있는 관목들은
진달래 꽃피는 봄날을 기다리며
인고의 한숨을 토해 내는데
제철 맞아 찾아 온 철새들은
물 빠진 늪지대를 훑고 다니며
끼룩 끼룩 조잘대면서
낯선 방문객에게는 눈길조차 주지 않고
먹이 찾아 아장 아장 거닐고 있다

# 바람 부는 날에

가파른 비탈길을 돌아서 올라가니
세찬 바람이 마중을 나와
등산 모자를 날려 버린다
바람에 실려 날아가는 모자는
깊은 계곡을 지나 저기 능선 너머로
연처럼 훨훨 날아가더니
어느 공간에서 흔적이 사라졌다

노송 우둠지에 홀연히 앉아
짝을 기다리던 산까치 한 마리
휘청거리는 나뭇가지 위로 솟구치다가
하늘 저편 어디론가 바람 따라 가버린다

잿빛 하늘 저편에서 몰아치는 바람은
태풍에 버금가는 위력을 뽐내는데
바람아바람아 제발
멈춰줄 수 없겠니?

# 밤하늘은 별바다

하늘을 덮고 놀던 구름이
잠시 출장을 간 사이
하나둘 얼굴을 내밀고 웃는 별들이
어쩌면 저렇게 정겨울까

여기저기서 불쑥 튕겨 나온 별님들
어느새 밤하늘을 별바다로 만들었네

서울의 밤하늘에도
별바다가 있구먼
예전에 미처 몰랐는데

그 많은 별 중에서
유별나게 반짝이는 별이 있는데
그 별 이름이 기억이 가물가물

별 이름 모른들 어떠리
내 마음을 별바다에 올려놓으면
별과 함께 노는 거지

# 제야(除夜)의 밤거리

자욱한 저녁노을 비집고
가로등 불빛이 세어 나온 초저녁의 거리
세모의 밤은 이렇게 저물어 가는데
짝 잃은 외기러기는
힘 빠진 날갯짓으로 끼룩 끼룩 흐느끼며
뒷산 넘어 어디론가 쓸쓸히 날아간다

들뜬 감정을 추스르지 못하고
거리를 방황하는 젊은 사람들 틈새에
고개를 숙인 채 비틀거리는
술 취한 사람이 내뱉는 푸념은
"세상 잘못 살았다"고 소리소리 지르면서
가녀린 눈물을 훔치고 비틀거린다

집으로 돌아와 TV를 켜보니
새해를 열어가는 제야의 타종을 보기 위해
종각 주변에 수많은 인파가 구름처럼 몰려와
한해를 보내는 아쉬움과
새해를 맞이하려는 설레임으로
저마다의 입가에 행복한 미소가 번져 있음은
정겨웁고 아름다운 한 폭의 그림이었다

# 명절 때면 생각나는 불효(不孝)


명절이 가까워지면 마음이 울적해진다
내 생애 잊을 수 없는 후회는 단 하나
부모님께 불효한 그것이다

팔남매 중 막내로 세상에 나와보니
부모님은 너무도 늙어 있었다
내가 대학에 다닐 때 무심한 세월에 쫓긴 부모님은
극노인의 반열에 올라 앉아
석양의 낙조를 감상하고 계셨다

올곧은 선비정신으로 결집된 한학자이신 아버지
자애로운 사랑으로 감싸 주신 정 많은 어머니

대학을 중퇴하고 방탕의 늪에서 깨어나
공무원 신분으로 정신을 차려보니
지구상의 어디에도 부모님 숨결은 찾을 수 없었다
죄 많은 탕아(蕩兒)로 지탄받고 후회하면서
통곡을 한들 사무친 한이 풀리겠는가

고심 끝에 매년 계절이 바뀔 때마다 한 번씩
고향 선산(先山)을 찾아가 엎드려 속죄해 보지만
한 맺힌 응어리가 용해될 수는 없었다
빈 가슴을 내려놓고 무거운 발걸음을 옮겨가며
상경(上京) 열차에 몸을 맡긴 뒤
심연(深淵)의 나락으로 잠긴 채 집으로 돌아오지만
불효(不孝)의 숨결은 고동치고 있었다

# 2월이 오면

2월이 오면
앞산 소나무 가지마다에
아지랑이 여울지고
뒷산의 뻐꾸기도 우듬지에 높이 앉아
청아한 음색으로 존재를 알리며
짝을 부르겠지

뒷집의 높다란 블록 담장 너머로
탐스런 목련꽃이 환하게 웃으며
봄의 전령으로 길손을 맞으면
겨울 한파에 움츠렸던 몸뚱이가
봄 냄새에 취해 나른해지겠지

# 겨울밤이 좋다

밝음보다 어둠이 긴 겨울밤
차가운 별들이 유리창에 매달려
추위에 떨면서 함께 놀자고
아양을 떠는 차가운 밤이다

여름밤은
무더위와 모기 등이 뒤엉켜
자는가 싶으면 아침이 오련만

겨울밤은
추위와 시름하면서도
많은 것을 생각게 하고
미래마저 설계하는 여유가 있다

추위에 약한 자신이련만
겨울밤이 좋은 것은 왜일까
길고 긴 시간의 여유가 자신을 성찰케 하고
깨우침에 따라 새로운 이정표가
세워지기 때문이다

# 2부

왜 그리도 지리산이 좋았는지

# 고향 찾아 조상님 뵈으러 간다

부슬 부슬 내리는 봄비 맞으며
새벽을 열어가는 고속열차에 몸을 맡겼다
고향 찾아 가는 차창 밖 풍광은
희뿌연 미세먼지로 시야가 암울하고
우중충한 저주가 여행 기분을 앗아가는 오늘이다

야산 기슭에 옹기종기 자리 잡은 농가에서는
아침밥을 하는지 연기가 굴뚝에서 뿜어 나오고
이앙준비에 바쁜 농민들은 삽을 들고
논두렁을 살피면서 빗물을 가둔다

작은 효심에 하늘이 감동했을까
고향 역에 내리니 비가 그쳤고
하늘이 밝아 오면서 5월을 열어간다

대절한 택시에서 내려
선산 뻘 안으로 발걸음을 옮겨가니
풀섶에서 맺혀 있는 빗방울들이 반기면서
신발과 바지 끝을 적셔주고 성묘객을 반기는데
싱그러운 아침 짙은 솔향이 가슴에 파고들어
오래도록 조상님 곁에서 머물다 가라 한다

# 자연에 묻혀 살고파

자연과 풍류를 즐기려고 길을 걷는데
굽이쳐 흐르는 강물을 보고
자연의 오묘함과 순리를 알았습니다

산등성이 척박한 땅에서 자라고 있는 소나무가
불볕더위와 가뭄을 이겨내는 비법이 있는지
그것이 알고파 기다렸으나 끝내 발길을 돌렸습니다

수많은 별들이 하늘을 수놓고 있을 때
유난히도 반짝이는 별을 찾으려다
서쪽 하늘가에서 외로움에 흐느끼는 눈썹달을 보고
울컥하는 마음에 손수건을 꺼냈습니다

행길 가 풀섶에 몸을 숨긴 채
애절하게 우는 풀벌레의 사연을 알고파
기다리고 기다렸으나
울고만 있길래 조용히 그곳을 떠났습니다

자연의 위대함과 오묘함에 묻혀 살고픈데
난개발로 자연을 훼손하지 않았으면 좋겠습니다

# 뻐꾸기 우는 마을에 가고프다

뻐꾸기 우는 마을에 가고프다

실개천을 건너 완만한 언덕을 넘으면
울창한 자작나무 숲이 나오고
그 숲을 지붕 삼아
참새들이 짹짹 거리고
산 꿩이 목 놓아 우는 숲속을
조용히 거닐어 보고 싶다

자작나무 숲속을 지나
가파른 능선을 넘으면
백년 묵은 노송(老松)이 솔향을 내뿜고
소나무 우듬지에 높이 앉아
애절하게 우는 뻐꾸기 울음을 귓전에 들으면서
가물가물한 옛 추억을 더듬어 회상해 보고 싶다

# 둥근달을 보면

삼라만상이 꽁꽁 얼어붙은
12월의 밤하늘에 높이 솟아
누리를 밝혀 주는 둥근 보름달이
고맙고 정겨웁다

눈썹달이건 보름달이건
달을 좋아했던 어린 시절
남몰래 달을 우러러 소원을 빌었었지
배가 너무도 고파 못 견디겠으니
배불리 먹고 살게 해달라고
그때마다 눈물샘이 터져 나와
흐느끼곤 했었는데

영하 10도를 오르내리는 오늘 밤
둥글고 예쁜 보름달아 제발
구름 속으로 숨지 말고 그대로 있어다오
너를 보면서 오래도록
지나온 발자취를 더듬어 회상하고 싶구나

# 낭만의 강둑길

작열하던 태양이
산자락에 걸쳐있어
단말마의 거친 숨을 토해내고 있을 때
강둑에 올라 낙조의 슬픔을 음미한다
유유히 흐르는 강물 위를
거슬러 날아가는 물새 두 마리
앞서거니 뒤서거니 힘에 겨운 듯
끼룩 끼룩 울면서 거칠게 날아간다

말없이 흐르는 물줄기 따라
한 발짝 또 한 발짝 발걸음을 옮길 때
서쪽 하늘가 구름조각 틈새로
얼굴을 내민 갸날픈 눈썹달이
정겨운 미소로 길을 밝혀 준
낭만의 강둑길을 홀로 걷는
고즈넉한 겨울밤이다

# 흐느끼는 소쩍새

삼라만상이 숙면에 들어간 심야에
애절하게 흐느끼듯 목 놓아 우는
소쩍새는 왜
날밤을 지새워 울고만 있는지
그 사연이나 들어보자

하늘 저편에서 누리를 밝혀주는 반달은
고개를 갸우뚱 망설이다가
구름 틈새로 몸을 숨긴 채
소쩍새의 울음이 그치기를 기다리다 지쳐
잠이 들었나보다

# 새벽닭이 울면

여명이 오기엔 조금 빠른 시간
수탉이 홰를 치고
새벽 공기를 가르면
울타리 주변에서 서성이던
잡다한 귀신들이 화들짝 놀라
줄행랑을 친다는 전설 같은 이야기를
귀에 못이 박히도록 말씀해 주셨던 어머니
저 세상에 가서도 생전처럼
새벽 닭 울음소리를 듣고 계신지요

옛날 옛적 사람들은
괘종시계보다 정확한
수탉 울음소리 듣고 깨어나
일터로 나가곤 했다는데
머리통은 작지만 영특한 동물
수탉이여!
중단 없이 새벽을 알려주렴

# 자연의 비경

신이 만든 창조물인가
깎아 세운 듯 높고 높은
양쪽 절벽 밑으로
맑은 실개천이 흐르고
그 가장자리의 좁은 오솔길은
위험한 통행길이다
암벽 사이에서 바라다 보이는 하늘은
한 뼘 정도의 좁은 우주가 보일 뿐이고

양쪽 암벽의 중턱에서 자생한
앙증맞은 소나무는 한 폭의 동양화가
그렇게 아름다울까
어찌 보면 현기증이 날만큼 위험하고
어찌 보면 자연만이 베풀 수 있는 아름다운 풍광이다
두려움과 호기심이 한데 뒤엉켜
더듬거리다가 출구에 나와 보니
천길 낭떠러지의 웅장한 폭포가
용트림하면서 여행객을 반긴 계림계곡
자연의 비경이 여기에 있다

# 귀엽고 착한 4남매

박봉으로 살아가야할 운명이라면
절약과 검소한 생활이 기본일 게다
하위직 공직자의 자식으로 태어난 운명을 안고
올곧게 자라줘서 고맙고 장한 4남매 자식들이다
자식들의 뒷바라지를 책임지고 있는 내자(內子)는
완고한 도덕관과 검소한 생활의 달인에 힘이 컸다

하루 세 끼 밥 거르지 않고
사각모 쓴 졸업사진 찍게 하는 것이
아빠로서의 사명이요 지상 목표였는데
얼기설기 메꿔가면서 소기의 목적을 달성한 것은
비굴하지 않고
자만하지 않고
부모 뜻에 따라준 자식들의 협조가 큰 힘이 되었다
자식들이 학부 생활할 때
인색한 용돈과
유행따라 철따라 의복을 사주지 못한 것이

가슴 저린 한으로 남아 세월이 흐른 오늘까지도
마음속 깊은 곳에 웅크리고 있으니 어쩌랴
그뿐이 아니다
밝고 명랑한 자식들과 가족여행 한 번 못 간 것이
산수(傘壽)의 중턱에서 뒤돌아 본 가슴앓이다

조상대대로 이어져 온 선비정신을 본 받아
겸손하고 귀여운 자식들의 앞날에
따뜻한 햇살과 기쁜 일만 있기를 바랄 뿐이다

# 불행한 세대의 탄식

코흘리개 유년시절
소꿉장난하던 하얀 순수가
추억이란 그리움으로 아로새겨질 때
동심의 꿈이 고개를 쳐들고 두리번거린다

초등학교 1학년 때 세계2차대전이 일어났고
초등학교 5학년 때 전쟁이 끝나니
1학년부터 6학년까지 가갸거겨부터 배우기 시작하고
중학교 4학년 때 6·25전쟁이 일어나
피비린내 나는 동족상잔의 아픔을 겪었다

불행한 세대에 태어나
소용돌이치는 격변기를 몇 차례 겪고 나니
오직 오늘만 있고 오늘만 생각한다
의욕도 희망도 미래란 단어는 사전에서 사라지고

흐르는 세월을 붙잡지 못하고
발만 동동 구르고 있는 사이에
얼굴엔 깊은 골이 파이고
머리에는 하얀 서리가 내려
후미진 뒤안길에서 서성이고 있을 때
정든 친구들은 하나둘 세상을 등지고
소쩍새의 애절한 흐느낌만 하염없이 들으며
날밤을 지새워야 했던 오늘이 서글프다

# 차가운 보름달

차가운 밤공기가
속절없이 파고드는 겨울밤
힘 빠진 달빛이 창가에 다가와
애원하듯 응석을 부린다

어릴 적부터 달을 좋아 했기에
창문을 열고 달빛을 마중하니
살며시 다가와 품 안에 안긴다

질투심 많은 구름만 심술을 부르지 않으면
밤마다 달빛을 벗 삼아 노닐 수 있으련만
오늘밤은 웬일인가
이 넓은 우주 공간에 구름 한 점 없으니
별들이 촘촘히 반짝이면서
하늘을 수놓고 우주를 빛내니
차가운 달빛마저 따뜻해 보인다

# 날밤을 지새운 쓰르라미

바다 밑처럼 침잠된
무거운 침묵이 깔려 있는
고요만이 흐르는 삼경(三更)인데
존재를 드러내지 않는 쓰르라미가
가냘픈 음색으로 공기를 가르며
귓속으로 파고들어와
고달픈 단잠을 앗아간 밤이다

인내의 한계를 넘어
불을 켜고 책을 뒤척여 보았으나
활자만 보일 뿐
글 내용이 입력되지 않고
책장만 넘겨보는 겉치레로
날밤을 지새운 괴로운 밤이다

# 선비의 지존(至尊)


산비탈의 노송(老松) 우듬지에 높이 앉아
명상에 잠긴 듯한 백로를 보고
한 폭의 우아한 동양화라 생각했었다

어릴 적 우리 집 뒤 대밭에는
올곧게 자란 대나무 숲이 있었는데
근엄하신 아버지의 가르침 그대로
선비정신의 표상이라 생각하며 자랐는데……

거치른 세파에 몸을 던져 살다보니
우아한 동양화보다
올곧은 선비보다
현실 적응이라며 비굴한 아부를 강요당할 때
너무도 슬퍼서 통한의 한숨을 토해냈다

# 솔향(松香)에 취해

산바람에 취해 보고자
산으로 올라가는데
해맑은 산새소리가 귓전에 머무르면서
산에서 쉬어가라 합니다

낮게 깔려오는 구름이
능선을 넘어가지 못하고
산봉우리에 걸쳐 쉬고 있을 때
잔잔한 이슬비가 내리면서
깡마른 대지를 적셔줍니다

구름이 산봉우리를 넘어간 뒤
무거운 발걸음을 옮겨 가면서
산마루에 올라서니
올곧게 자란 적송(赤松) 한 그루가
수호신처럼 독야청청
짙은 솔향(松香)을 풍겨주면서
산꾼을 기쁘게 반겨줍니다

# 추억의 날개

네모골 유리벽 밖으로 비춰진
호롱불 켜들고 밤길을 안내 받는다
울퉁불퉁한 시골 오솔길을 더듬어 가던
그 옛날 유년시절이 회상되는 밤

길가에 물논에서는
수많은 맹꽁이들이 밤을 새워 울고
뒷동산 소나무 우둠지에 홀연히 앉아
흐느끼듯 울어대는 소쩍새의 애절한 음정이
좁은 가슴을 헤집고 들어와
흔들리는 발걸음을 멈추게 하는
유년시절의 아련한 기억들이
새록새록 회상되는 오늘밤이다

가식 없는 순수와 정겨움이 용솟음치면서
영상처럼 떠오르는 무지개빛 추억이 있기에
오늘의 내가 존재하는가 싶은 생각에
입가에 미소가 번져온다

# 연(鳶)을 띄우자

울안의 개구리가 마음을 다져먹고
담장을 뛰어넘어 집밖으로 나왔다

앞산 능선까지 단숨에 올라가
연(鳶)을 띄웠다

답답하고 우울한 마음도
하고 싶은 말과 괴로움도
포효하고 싶은 불만과 울분도
연속에 담아서 하늘 저편으로
연(鳶)을 띄워 보내자

인내만이 좋은 미덕은 아닌 듯하구나
참고 견디다가 병이라도 나면
참는 자만이 불행하고 슬프겠지
그렇기에 연(鳶)속에 모두를 담아서
바람결에 띄워 보내자구나
하늘 저편 별 밭에 묻힐 때까지
훨훨 날아가겠지

# 그리움의 날개 · 1

소꿉장난 하면서
자라온 고향은
향수의 무덤이런가

이따금씩 회상되는
어릴 적에 뛰놀던 산야는
꿈의 동산으로 기억되고 있다

함께 뛰놀던
친구들의 면면이 떠오를 때면
입가에 미소가 번져오는데

죽마고우들이 하나둘
유명을 달리했다는 비보를 접할 때는
하얀 순수가 소용돌이치면서
나도 모르게 그리움의 날개를 접는다

# 그리움의 날개 · 2

간절함과 설레임이
분출하면
빈약한 가슴 속에
고이 간직한
그리움의 날개를
활짝 펴서
높은 성벽을
넘고 넘어
보무도 당당하게
웃으면서 반기리라

# 밤길(夜行)


찬 서리 내리는 늦가을
흑요석 같이 어둠뿐인 세상
저승길 보다 더 조용한
밤길을 걷는다

검은 구름 사이로
불쑥 내민 별 하나
신(神)이 보낸 안내자인가

깎아지른 절벽 밑으로
낯 설은 신작로를 따라
독한 맘먹고 어둠을 헤쳐 갈
어디선가 들려오는
부엉이 울음소리
그 메아리는 나를 옥죄이는
사슬이 되었다

# 흙먼지 세상

조상님들 뵈러 다녀온 길
고속열차에서 바라본
차창 밖 풍광은
자연의 물결이 종적을 감추고
잿빛으로 얼룩진 암울한 공간만이
스치고 또 스쳐갈 뿐이다

시발역에서 종착역까지
뿌연 흙먼지로 뒤덮인 세상
금수강산이란 단어가
병들어 간 오늘이다

모처럼의 고향 나들이가
암울하고 불쾌한 환경에서
허우적거리는 군상들만 보고 온 느낌
어찌하면 좋을까
역겨운 흙먼지 세상을

# 탕아(蕩兒)를 일깨운 선배님

어쩌다가 정말로 어쩌다가
자신도 모르게 조금씩 조금씩
헤쳐 나오기 어려운 깊은 수렁의 늪으로
빨려 들어가는 탕아(蕩兒)가 되었을까
바로 그때 따뜻한 구원의 손길을 주신
정 많은 선배님이 있었습니다

이름 하여 춤쟁이로 세월을 좀먹던 자유당 그 시절
방탕의 늪인 줄도 모르고 희희낙락 멋지고 화려하게
세월을 먹고 유유자적 활보하면서 멋을 부릴 때
많은 사람들의 비난의 대상인 줄은 몰랐었지요
바로 그때였습니다
모진 체직과 정감 있는 설득으로
춤바람 세계에서 어렵게 건져주신 선배님은
당시 유명한 모 악극단의 전속가수로 나를 내몰았습니다

푸른 하늘을 자유롭게 날아다니던 한 마리의 학(鶴)이
새장에 갇힌 채 관중들로부터 박수와 갈채를 받고
화려한 듯 보냈지만
단체 안에서는 고독하고 외로운 나그네였습니다
리젠트 머리에 자꾸 기름 바르고
죠넥타이와 향수는 기본인 채로
전국을 누비고 다닌 지 6개월이 지난 어느 날
선배님은 나를 무대에서 끌어내렸습니다

그때야 비로소 자신을 깨우쳤나봐요
세상인심과 나의 위치를 어렴풋이 알았습니다
그 후 수개월 동안 모두를 접고 두문불출하면서
두 눈에 쌍불을 켜고 책장을 넘기고 또 넘기면서
졸리면 몇 번이고 세수를 되풀이한 결과는
공무원 배지를 달게 해 준 바른 길이었습니다

지나온 거친 세파를 회상하면서 다짐을 했지요
선배님의 은혜에 보답하는 길은
올곧게 살아가는 길이라고
공직생활 36년 동안 유혹과 미끼는 먼 나라 이야기
부정과 불의를 배척하면서
오로지 법과 원칙만을 고집한 행보는
정년퇴직한 식전에서 대통령 표창장을 수여 받았을 때
나도 모르게 눈물샘이 터지면서
탕아를 이끌어 주신 선배님이 회상되었습니다

하늘나라 먼 곳에 계신 존경하는 선배님께
대통령 표창장을 바칩니다
부디 평안히 영면하소서, 존경하는 선배님!

# 화무십일홍(花無十日紅)


흐드러지게 피어 있는 꽃들이
봄바람에 나부끼며 속절없이 떨어진다

땅에서 뒹구는 꽃잎을 보면서
안타까워 하지만
화무십일홍(花無十日紅)이라는 순리 앞에
적응한 것이라 생각하면 이해가 된다

모든 생명체들은
생과 사의 갈림길에서
고민과 갈등을 일으키지만
자연의 섭리라고 고개를 끄덕이면
마음에 평화가 안긴다

기러기 떼 북으로 날아가고
제비 찾아오는 봄날인데
잠겨진 자물쇠를 풀고
풍류를 즐기려 어디론가
여행을 떠나고 싶은 간절함이다

# 밤에만 우는 부엉이

삼라만상이 숙면에 들어간 심야
허탈한 상심인가
울분의 표출인가
밤의 제왕 부엉이는
묵직한 톤으로 한풀이를 하는데
산울림으로 메아리 되어
날짐승들은 오금이 저려온 밤이다

밝음이 있으면 어둠이 있고
높음이 있으면 낮음이 있는 법
부엉아 너무 슬퍼 말거라
설마하니 굶기야 하겠느냐
널부러진 게 먹잇감인데

# 정겨운 그림 한 폭

5월의 푸른 하늘 아래
푸른 숲 우거진 우둠지 높은 곳에
하얀 백로 한 마리 홀연히 앉아
명상에 잠긴 듯 눈을 감고
장고(長考)에 들어 간 모습은
한 폭의 아름다운 그림이어라
잔잔한 가슴에 파도가 일렁인다

자연은 이렇게
철따라 환경따라
정겨움과 그리움을 안겨 주는데
인내심 부족한 인간들은
조급증에 걸린 듯 좌불안석이고
우왕좌왕 하다가 해가 저문다

# 한복 물결

오백년 도읍지인 옛 궁전 경복궁 주변은
한복의 화려한 물결로 술렁인다

우리나라 고유의상을 이방인들이 즐겨 입고서
요리보고 저리보고 마주보고 웃으면서
추억을 사진으로 남기느라 여념이 없다

한 젊은 청년은 두루마기 입고 갓을 쓴 채
팔자걸음으로 으스대며 근엄한 표정으로 걸어가는데
비서처럼 옆을 따라간 연인은 만면에 미소다

한복을 입은 사람은 경복궁 출입을 무상으로 관용하니
임도 보고 뽕도 따는 일석이조의 효과를 누린다
이웃 나라 중국인과 일본인 관광객이 많은 편인데
동남아 관광객도 적지 아니 볼 수 있다

우아하고 고풍스러운 한류열풍
꽃보다 아름다운 형형색색의 한복 물결은
옛 궁전을 화려하게 수놓은 정겨움이고
새롭게 불어오는 꽃바람인가 싶다

# 하염없이 흐르는 눈물

가수 "진성"씨가 어느 날 TV에 출연해
신곡이라며 발표한 "보릿고개"를 들으면서
많이도 울었었지
그 후로도 몇 번이나 그 노래를 부르곤 했는데
자신도 모르게 두 줄기 눈물이 흘러 내렸어

"한 많은 보릿고개"라기 보다
죽지 못해 사는 보릿고개가 맞을지도 몰라

초등학교 1학년 때 12월 8일은
일본 천왕이 선전포고문을 읽으면서
대동아전쟁[1]을 일으킨 날이고
초등학교 5학년 때 8월 15일은
일본 "천왕"이 무조건 항복한다는 육성발표를
라디오 전파를 타고 흘러나올 때
운동장에 모여서 함께 듣던 전교생들이
서로를 부둥켜안고 만세를 부르며 울고 또 울었었지

회고하고 싶지 않은 일제강점기 그때 그 시절
보리죽을 먹을 땐 그래도 행복했었나봐
생피죽2)을 먹을 땐 눈물로 말아 먹던 아픈 기억들
"공출"이란 명목을 내세워 모두를 수탈해 갔으니까
초근목피로 연명한 것은 당연한 일상이었지

"주린 배 잡고 물 한 바가지로 배 채우시던"
처절하다 못해 까무러치기 일보 직전인
그때 그 시절이 회상되면 눈물샘이 터져 나와요

지구상에서 제일 슬픈 일이 무어냐고 물은다면
"배고픈 설움"이 제일 크다는 속설이 전해온 것은
겪어 보지 않은 사람은 실감이 안 나겠지요

일류가수가 되겠다고 TV에 출연한 가수 지망생들이여
제발 부탁하노니 "보릿고개"만은 부르지 말아다오
그 노래를 들으면 잠재된 슬픔이 분출해
눈물샘이 터지면서 또 울게 되니까요

---

1) 대동아전쟁 : 세계2차대전을 일본사람은 그렇게 말했음
2) 생피죽 : 소나무 껍질을 벗긴 뒤 그 속피를 긁어서 죽을 쑴(전라도 사투리)

# 산이 좋아 산에 오르면

산이 좋아 산에 오르면
힘에 겨운 적도 있지만
청아한 산새 소리와
골짜기에서 흐르는 물소리에
마음이 정화되면서
자연의 품 안에 와 있음을 감지하고
낭만적 단상이 떠오른다

풀섶 위에 맺혀 있는 이슬방울이
아침 햇살에 녹아내리고
산꿩이 훼를 치며 목메어 우는 메아리가
귓전에서 맴돌 때면
산은 다정한 너그러움으로 다가오고
놀다 가라며 관용을 베푼다

# 눈물

남다르게 감수성이 예민하지도
도에 넘치게 정이 많은 사람도 아닌데
애절한 사연을 접하거나
원통하고 분한 일을 당하는 것을 보면
어느새 눈시울이 붉어지면서
두 줄기 눈물이 뺨을 타고 흐른다

그래서일까
통속적인 멜로드라마나 영화보다
서부활극 같은 액션 영화나
야구 경기 같은 스포츠 채널을 선호한다

기쁠 때도
슬플 때도
어김없이 눈에 눈물이 고인 것을

독한 마음먹고
눈물샘 공사를 하면 눈물이 덜 나온다는 데
인위적인 억제는 내 취향이 아니기에
손수건을 항상 휴대하고 다닌다

# 뒤안길

가로등 조명을 피해
뒤안길을 선택한 것은 아니다

자동차의 매연 냄새가 지겨워
뒤안길을 걷는 것은 아니다

가로등불 주변에 엉겨 붙은 날파리를 피해
뒤안길로 가는 것도 아니다

뒤안길은 행길보다 조용하고
오늘을 되새겨 보기 위해 뒤안길을 걷는다

들 고양이가 어슬렁거리는 뒤안길
술주정뱅이의 한 맺힌 푸념을 들으면서
나 홀로 말없이 걸어가는 뒤안길이다

밑바닥 인생들이 고개를 떨구고
말없이 걸어가는 뒤안길은
이따금 내 마음을 송두리 채 흔들고 있다

# 달을 보고 빌었지

힘 빠진 태양이 낙조의 수순을 밟으면
오늘도 하루해가 저물어 간다

구름 사이로 달빛이 새어나와
누리를 밝혀 주지만
인적 끊긴 거리는
쓸쓸하고 고즈넉하다

배곯은 어린 시절
달을 보고 간절하게
빌고 빌었던 아련한 기억들이
주마등처럼 스쳐간 오늘밤이다

얼마나 배가 고팠으면
자다가 나와서 달에게 애원했을까
잔인하리만치 모든 곡식을 착취해간
일본 순사들의 무자비한 만행은
회상하고 싶지 않은 가슴앓이다

그렇게도 울먹이며 애원할 때면
달은 나에게 따뜻한 미소로 안아주었지

# 왜 그리도 지리산이 좋았던지

젊은 시절엔 왜 그리도 지리산이 좋았던지
지금 와 생각해도 답은 없다

덩치가 큰 지리산
한신계곡 어디쯤 기슭에
천막을 치고 야영을 했었지

만신창이가 된 몸을 재충전하려고
초저녁부터 잠을 청했는데
천막 주변 어디쯤 큰나무 우둠지에서
흐느끼듯 울어대는
소쩍새의 애절한 산울림이
심산계곡 여름밤을 울리며
빈 가슴 헤집고 깊숙이 들어와
뜬 눈으로 날밤을 지새웠던
그 옛날 그 시절의 아련한 추억이
회상되는 오늘밤이다

내 살아생전 언제쯤에
백한 번째 지리산 등정을 할 수 있을 런지
희망을 버리지 않고 기회를 봐야겠다

# 꽃잎은 떨어지고

아침을 열어 달라고
짹짹 거리는 산새소리에
여명의 숨소리가 기지개를 펴올 때
산등성이를 넘어온 산들바람에
눈이 내리듯 하얀 꽃잎들이
속절없이 떨어지는 풍광을 보면서
길손은 발걸음을 멈추고

꽃이 피고 지는 것이야
자연의 순리대로 이어 가겠지만
꽃잎을 밟고 지나가려하니
무법자의 오만인 듯 속울음이 분출해
걸음을 멈추고 하늘을 보았다

# 3부

노을빛 해안에서

# 노을빛 해안에서

가슴을 적셔오는 노을빛 틈새로
미소 짓는 별 하나 반짝이면서
구름사이로 얼굴을 내밀고
해안을 밝히는 수호신 되었구나

모래톱을 핥고 토해내기를 반복한
잔물결 파도가 일렁이는 해안은
물새들의 날갯짓에 저물어 가는데

심술궂은 구름떼가 성깔을 부려
고독에 흐느끼는 저 별마저 삼켜버리면
인적 끊긴 해안은 암흑 세상 되겠네

# 추억

자운영 풀밭에서 노닐며
꽃반지 만들어 끼워주던 추억은
기러기 떼 북으로 날아갈 때
뇌리에서 지워져 버리고

뒷동산에 올라가
진달래 꽃잎 따서 입에 물고
깔깔대던 친구들은
이따금씩 영상처럼 떠오른다

지금은 어디서 무엇을 하는지
물안개처럼 떠오르는 옛 생각은
그늘진 뒤안길에서 맴돌고 있다

# 고독이 열린다

차가운 밤이슬 맞으며
애절하게 우는 풀벌레들은
심술궂은 구름이 반달을 삼켜 버리자
약속이라도 한 듯 울음을 그친다

저녁노을 틈새로
새어나온 별빛이 누리에 비치자
풀벌레 울음소리 다시 들리고
교교했던 침묵이 술렁이기 시작했다

어디선가 들려오는
하모니카의 감미로운 멜로디가
밤공기를 가르며 가슴에 안겨올 때
고독에 목 메인 마음이 열리면서
주름진 세월이 퍼져나간다

# 더듬어 온 길

아득히 먼 길을
쉼 없이 왔나보다
순풍 뒤에 태풍이 불어오고
잔물결에 이어 거센 파도가
포효하며 위협해 왔지만
굴종하지 않고 당당하게
어둠을 헤집고 더듬거리며
이곳까지 와 머물렀나 보다
하지만 여기가
흔들림 없는 반석(盤石)은 아니었지
그렇다고 쉽게 버릴 수 없기에 손질 몇 번 한 뒤
편안하게 쉬어가는 안식처가 되었구먼

철따라 꽃이 피어 향을 내뿜고
새들이 노래하는 숲이 있기에
마음 비우고 느긋하게 세월을 먹으면서
오롯이 쉬고 있는 요람이었어라

# 가고 싶지 않은 길

야산 허리를 가로지른 지름길은
학교에 가는 빠른 길이다
저 길을 보노라면 한숨과 눈물이
회상하고 싶지 않은 일제 강점기 때
소학교 다니면서 5년 동안(5학년 때 해방)
선배들 따라 이따금씩
저 길로 걸어서 학교에 갔다

나라 잃은 백성들의 한 맺힌 그 시절
힘겹게 지은 농산물 공출이란 명목으로 빼앗기고
초근목피로 연명해 살면서
오르랑 내리랑 꼬불꼬불한 저 산길
저 길을 보노라면 눈물이 난다

산수(傘壽)의 중턱에 올라선 오늘날
고향에 갈 때마다 저 길을 보노라면
악몽이 되살아난 듯 마음이 울적해
심연(深淵)의 늪에서 허우적거린다
왜일까요?
허기진 배 움켜잡고 힘에 겨운 저 산길을
선배들 따라 가느라 힘겨웠던 게지

# 철새가 미워졌다

계절 따라 오고 가는 후조(候鳥)
봄에는 제비가 찾아오고
겨울엔 기러기 떼가 팔자대형으로 날아와
강기슭과 들판을 누비며
볼거리와 낭만을 안겨준 철새들이다

세월을 먹다보니
철따라 새들만 오고 가는 게 아님을 알았다

인간 말종의 졸개들이 철새가 되어 으스댄다
지존과 의리와 인격을
헌신짝 버리듯 뭉개 버리고
권력에 빌붙어 둥지를 옮겨 가면서
동가숙(東家宿) 서가식(西家食)을 밥 먹듯 하는
후안무치(厚顔無恥)한 변절자들이
국민 위에 군림하려는 작태가
사회의 저변에서 활개치고 있음을
안타깝고 서글프게 보았다

유년시절에는 철새들을 유난히도 좋아했는데
인간 철새들의 등장으로 순수한 철새들마저
싫어졌음은 당연한 수순인 듯 생각된다

# 울며 날아가는 물새

유유히 흐르는 한강물이
소금기에 절인 서해바다 짠물에
속절없이 빨려가는 한강 하구
물새들의 애절한 흐느낌이
좁은 가슴을 헤집고 들어온다

머지않아 먹물 같은 어둠이 대지에 깔리면
물새들은 어디에서 이 밤을 지새울까
오금이 저려오는 혹한을 어떻게 이겨낼까

햇빛이 대지를 쬐이는 낮에는
물 위에서 한가로이 노니는 물새들을
아무 생각 없이 무심히 관조했는데

# 정겨운 달빛

지겨웠던 겨울도 꼬리를 사르고
봄이 오는 길목에서
달빛을 보듬고 다가오는 그림자
애절하게 흐느끼는
귀뚜라미 노래를 흘리면서
창문 앞에서 어른거린다

언제부터인가
이런 날이 올 것을 예감이라도 한 듯
조용히 창문을 열어보니
실체는 오간데 없고
정겨운 달빛이 환하게 웃으며
창틀을 넘어 성큼 들어온다

# 하산(下山) 길에 비맞이

인적 끊긴 후미진 시골길
나 홀로 걸어가고 있을 때
주위가 어두워지면서
먹구름이 하늘을 덮어온다

혼자서 등산을 갔다가 길을 잃고
하산(下山)을 서두르고 있을 때

심술궂은 날씨를 감지하고
비옷을 꺼내 입고 걸음을 재촉할 때
투둑 투둑 굵은 빗방울이 몇 방울 내리더니
거세게 몰아치는 소나기 한줄금

망망대해에서 조각배에 의지해
물결치는 데로 흘러간 기분

오늘은 거리의 방랑자
김삿갓이라도 된 듯한 넋두리
그러나 좌절하지 않고
버스터미널까지 무사히 갔다

# 지성인의 행보

배가 고프면 뱃속의 위(胃)에서는
음식물 반입을 간절히 바라고
신체 부위의 어느 곳이 가려우면
반사적으로 손이 가서 긁게 된다
이것은 인간의 본능적 행위이고
감각의 깨우침에 따른 자연적 현상이리라

꽃나무는 뿌리를 박은 곳에서 자라다가
때가 되면 꽃을 피우고 아름다움을 뽐내는데
사람들은 보는 것에 만족하지 않고
꽃을 꺾어 가면서 자기만의 소유로 만든다

꽃대가 꺾어지면 열매를 맺을 수 없기에
종족 보존에 실패한 꽃나무는 슬퍼 울지만
꽃을 꺾어 간 사람들은 희희낙락
소유욕에 만족할 뿐 꽃나무의 애환을 모른다

인격이 충만한 지성인은
예쁜 꽃을 보면 감상하는 데 만족하고
기억 신경에 입력시켰다가
꽃의 아름다움을 예찬하는 글을 남긴다

이것이 선비와 막가파의 갈림길이고
인격의 척도를 가름하는 행보인 것을

# 저녁 산책

밤안개 자욱한 거리
무심히 걷다보니 밤 산책이 되었네

안개 속에 포위된 가로등은
가물가물한 존재로 퇴락해 있고
때 만난 날파리들은 공간을 배회하며
그들만의 군무(群舞)를 즐기는데
어디선가 들려오는 애절한 울음소리
애미 잃은 새끼 고양이의 구조신호가
잔잔한 가슴을 흔들어 놓는다

발길을 돌려 집으로 돌아와
혁대에 차고 있는 만보기(萬步器)를 확인해 보니
어느새 8천6백50보를 걸었네요

# 연극 같은 가을비

9월의 하늘은 맑고 푸르른데
이따금씩 먹구름이 하늘을 가리고
심술비를 뿌리는 저의를 모르겠네

행길 가에 하느적거리며
가을을 예찬하는 코스모스 꽃향의 시세움인가
당파 싸움에 지쳐버린 하늘의 노여움인가
아니면 오염된 세상의 정화를 위함인가

가을비는 성깔 있게 뿌리다가도
쫓기듯 그쳐버린 조급함은
맺힌 응어리 토해내고
홀홀히 자리를 비우는
내 성격을 재연한 연극 같은 가을비다

# 물거품이 된 향수(鄕愁)

어린 나이 때는 꿈을 키우고
아기자기한 추억이 잠재된 곳을
더듬어 회상해 본다

눈앞에 아른거리는 고향 땅을 못 잊어
그리워지는 것을 향수(鄕愁)라 한다면
차라리 도심지 수도 서울에서
머물러 있고 싶다

잔인하고 처절했던 유년시절
만주에서 수탈해 배급해 준
변질된 수수죽으로 죽지 못해 연명하면서
근로동원이란 미명하에
송유(松油)기름 짜서 전쟁이기겠다고
소나무 뿌리 채 파서 힘겹게 납품하는
악몽 같은 소학교 유년시절은
회상하고 싶지 않은 악몽이라오

어쩌다가 우리 조상님들은
일본에 조국을 팔아먹고
천진난만한 후손들에게
지옥 같은 유산만 물려줬을까

# 세월아 놀다가자


세월아 놀다가자
지나고 나서 회상해 보니
서두르지 않아도 될 일들을
한사코 다투어 앞으로 가려는 조급함은
성격의 산물이었든가 싶다

더위를 식히려 옥상에 올라가 우주를 벗하니
밤이 야심한 삼경(三更)의 하늘에는
별똥별이 무수히 쏟아지는 장관을 보았고
엷은 구름 틈새로 얼굴을 내민 눈썹달이
감미로운 미소로 낭만을 부추기며
이 밤을 즐기자고 아양을 떠는데
뭐가 급하다고 서두르는가

혼탁한 상념들을 잠시 접어두고
신비롭고 정겨운 야경(夜景)을 감상하면서
생각의 실타래를 풀어보니
세월아 멈춰라 나와 함께 놀다 가자꾸나

# 바람이 그리운 날

매스컴에서는 하루 종일
미세먼지 경고 발령을 쏟아내고 있다
외출할 때는
마스크 착용은 기본인데
눈이 따갑고 아른거린다
마스크와 선글라스는 동시 착용이 어려운데
어찌하면 좋으냐

소나기 한 줄기 주룩 주룩 내리면 최선인데
우중충한 하늘엔 비구름은 없다
비를 대신해 바람이라도 불어주면 좋으련만
바람기 없는 우주는 미세먼지 천국이다

내가 살아오면서 이렇게 절실하게
바람을 원한 적이 있었던가
바람아 제발 거세게 불어다오
배달민족의 건강을 위해서 말이다

# 폭풍우 언덕

우중충한 하늘에서
날벼락이 떨어진다

험상궂은 먹구름이
낮게 깔려오는가 싶더니
어느새 비바람이 몰아치고
물보라가 일렁인다

강물 위를 유영하던 물새들은
자취를 감춘 지 오래이고
무심코 서 있으면 날아갈 것 같은
폭풍우 언덕에서
비가림으로 가져온 우산은 무용지물이었다

내 동체를 송두리 채 날려 버리려는 듯
거센 비바람은
존재의 흔적을 지우려고
포효하며 돌진해 오는데
무심결에 입고 온 레인코트가
오늘의 일등공신이 될 줄이야
예전에는 미처 몰랐었네

# 그림자 놀음 그만

주인공은 존재를 숨긴 채
제3자의 수고를 빌려
목적을 달성케 하는
얼굴 없는 그림자 인간들이
사회 저변에서 활개치고 있다면
정의로운 사회 윤리라 말할 수 있을까요

돈 많은 재벌들이나
범접할 수 없는 그림자들이
백성들을 소경으로 만들어 놓고
전용물인양 애용해 왔다면
전대미문의 타락사회로 함몰될 것은
불을 보듯 뻔한 일인데……

치유법은 없을까요
본체를 도려내서 공개하고 정화해야지
일벌백계의 준엄한 심판 같은 거 말이외다
힘없는 백성들만 준법하라는 강요 같은 거
전근대적 발상은 버리고
어리석은 그림자 놀음은 이제 그만
밝고 맑은 정의로운 세상에서 살고프니까

# 별들을 숨기지 말아다오

눈물조차 말라버린
허전한 가슴
밤 새워 우는 쓰르라미 울음소리
가늘고 느리게 들려오면서
여명의 숨소리 속삭인다

하얗게 지새운 밤들이
대단한 고독은 아니라지만
밤하늘에 반짝이는 별마저 없었다면
통한의 한숨을 토해내면서
흐르는 눈물을 닦지도 않았을 거야

우주 공간을 부유(浮遊)하는 구름아
제발 내가 잠들 때까지만 이라도
반짝이는 별들을 숨기지 말아다오
하고픈 말들이 끝나지 않았으니까

# 화사한 목련

추위에 움츠렸던 나무에서
하얀 목련꽃이 탐스럽게 피어나
사람들의 발걸음을 붙잡고 있다

산비둘기 한 마리가
맞은 편 가로수 우둠지에 높이 앉아
애절한 흐느낌으로 목놓아 우는데
외로움의 독백인지
짝을 찾는 간절함인지

미세먼지와 뒤엉킨 봄 안개가
하늘을 뿌옇게 물들이는 아침
탐스럽게 피어 있는 목련은
함박웃음으로 세상을 반기는데
꽃은 한파를 밀어 낸 마력이 있나보다

# 힘겨운 여로(旅路)


호젓한 시골길
아지랑이 가물거리는
인적 끊긴 산길을
힘겹게 걸어가는
할아버지의 뒷모습이 애처롭다

보행의 안전을 위해서일 꺼다
오른손에서 왼손으로
다시 왼손에서 오른손으로
지팡이를 번갈아 잡으면서
쉼 없이 걸어가는 노인은
걸음을 재촉하듯 서두르고 있다

한일자로 꼭 다문 입은
가고자 하는 목적지까지
무사보행을 완수하겠다는
굳은 의지의 결집인 듯
힘겹게 걸어가다가
이따금씩 걸음을 멈추고
허리를 매만지며 하늘을 쳐다보며
험난한 여로(旅路)를 밟으며 간다

# 세기의 만남

삼천리강산이 두 동강이로 잘린 지 어언 73년
한겨레가 등을 돌려 원수처럼 지낸지도 73년째
떨어져 있을 때는 먼 발치에서 엄포를 놓고
가까이 다가오면 으르렁 대면서
원수처럼 지낸 세월이 서글프다

평창 동계올림픽이 화해의 문을 두드렸는가
남과 북 두 정상(頂上)이 가슴을 활짝 열고
판문점 평화의 집에서 만나 부둥켜안고
속마음을 털어놓고 대화를 이어갈 때
칠천만 겨레는 한 마음으로 지켜보았고
지구상에 살고 있는 세계인의 눈과 귀가
평화의 집으로 쏠려 박수와 갈채를 보내 왔다
2018년 4월 27일은 잊을 수 없는 뜻 깊은 날
화기애애한 웃음소리는 지축을 흔들었고
평화의 비둘기는 하늘 높이 날고 또 날았다

겨레여! 배달민족이여! 뜻을 모읍시다
주변 강대국들이여! 박수와 갈채를 아낌없이 보내주세요
빠를수록 좋은 일 통일조국을 이룩해야지요
지구상에 하나 밖에 없는 분단국가의 오명을 씻고
영원무궁토록 행복하게 살아가기를
간절히 빌고 기대하겠습니다

# 미로의 끝은 어디인가요

풀섶에 맺힌 해맑은 이슬은
아침 햇살에 녹아내리고
지난날의 부푼 꿈은
태풍에 밀려 날아가 버렸다

세월에 녹아내린 편린들은
빛바랜 계절에 저물어 가고
속앓이로 애태우는 눈물의 흔적들은
계절이 바뀌는 잔바람에
흔적도 없이 사라져 가는
미로의 끝은 어디인가요

바다 끝자락에서 울먹이는 낙조를 보고
슬퍼 울지 마시라요
이 밤이 지나면 여명은 밝아 오려니

# 한 폭의 동양화다

엷은 구름 조각들이
서쪽 하늘에 어지럽게 흩어져 있을 때
숨고르기에 들어간 5월의 태양은
단말마의 가쁜 숨 토해내며
서해바다로 투신하려는 찰나
하얀 백로 두 마리 앞서거니 뒤서거니
유유자적 넓은 날개 펄럭이며
석양 노을 헤집고 남쪽으로 날아가는
그들만의 고고한 기풍은
마음속에 오래도록 간직하고픈
한 폭의 아름다운 동양화다

이 정겨운 풍광을 보려고
늦은 시간 서둘러 산에 올라왔나
자연이 안겨준 한 폭의 그림을
가슴 깊은 곳에 고이 간직하며 살고프다

# 풍류를 즐기면서

가파른 비탈길을
헐떡이며 올라가다
돌출된 바위에 걸터앉아
산 아래 풍광을 즐기는데
앙칼지게 지저기는 산까치들이
나뭇가지를 오르내리며
방문객을 거부한다

산까치야
제발 노여움을 풀거라
내 평생 날짐승을 미워한 적 없거늘

산이 좋아 산을 찾아오고
낭만과 풍류를 즐기며 살아가는
집시 같은 산꾼인데
반겨주면 안 되겠니

# 낙조(落照)의 눈물

인적 끊긴 춘장대 앞바다
잔물결마저 숙면에 들어간 듯
적막한 수평선이
숙연한 자연으로 다가올 때
처절한 단말마의 흐느낌을 토해내며
한두 번 잠수 연습을 하는가 싶더니
독한 맘 먹고 수평선 끝자락 바다 속으로
투신해 버린 태양이다

가슴 조이며 관조하던 일행들은
심오한 한숨을 토해내고
낙조의 눈물을 훔치면서
처연한 가슴을 쓸어내린다

# 밤비

산자락에 걸친 그믐달이
지구 밖으로 숨으려 할 즈음
검은 구름떼가 바람과 다투다가
세상을 잿빛으로 염색하더니
우두둑 우두둑 우박 같은 소낙비가
가로수 잎을 흔들고 있다

밤비 내리는 암울한 행길 가
초라한 가로등불만이
존재를 알리는 스산한 밤인데
갈지자 걸음으로 느리게 걷는 사람은
비를 뿌리는 하늘을 쳐다보며
원망스런 푸념을 토해낸다

우수와 정막에 실려
우산도 없이 걸어가는 그림자는
두 손을 휘저으며 농담인지 푸념인지
중얼중얼하더니
갑자기 "비의 탱고"를 목청껏 부르면서
서투른 스텝을 밟아가며
7월의 밤비를 즐기는 춤꾼이 되었다

# 당신

나 아닌 당신
그때는 수줍고 예뻤던
한 송이의 순결한 백합이었지

춘하추동 4계절은 속절없이
세월을 보듬고 흐르다보니
예쁜 꽃봉오리는 시들어가고
머리에는 하얀 서리가
고왔던 얼굴엔 세월의 골이 파였구면
하지만 고운 심성은 언제나처럼
비단결 같은 하얀 순수가 충만해 있고
농익은 석류알처럼
올곧은 지존과 청순함은
지금도 변치 않고 그대로이네

찬바람에 떠는 고추잠자리가
석양노을을 응시하는 처연한 눈빛처럼
빈 세월만 가지에 매달린 허무만 붙들고
조용히 명상에 잠긴 애처로운 눈빛은
좁은 가슴을 옥죄어 오는 안타까움이다

# 무상(無想)과 허무(虛無)

암울한 환경에서
고독을 씹으며
세월만 허송하고 있다면
이 시대의 낙오자이겠지

난생 처음 무더위 때문일까
체력이 받쳐주지 못한 무기력 때문일까
생각도
감각도
의욕도
모두가 안개 속으로 사라져 버리고
무상(無想)과 허무(虛無)만이
아롱거리는 아지랑이처럼
기억 밖에서 맴돌고 있다

절해고도(絕海孤島)에 팽개쳐진
한 마리의 어린 토끼가
너울로 출렁이는 바다를 보면서
무슨 생각에 몰입해 있을까
그 답은 토끼만이 알겠지

# 갈대숲의 왈츠

수평선 위를 미끄러지듯이
세차게 불어오는 바닷바람은
갈대숲을 요동치며 스쳐간다

몸통과 몸통이 부대끼며
사각거리는 마찰음은 멜로디로 들리고
넘실대는 잔물결은 왈츠춤을 즐기는 듯
낭만의 풍광을 연출하는 갈대숲

위기의식을 감지했나
갈대숲에 숨어있던 물새들이
다투어 하늘 저편으로 훨훨
날아가는 장관이 이채롭다

# 차창 밖의 단상(斷想)


빠르게 달려가는 열차의 차창 밖으로
바라다 보이는 자연의 풍광은
한 폭의 그림이요 절경이다
아직은 푸르기만한 나뭇잎새들은
여행객에게 싱그러운 아침을 안겨주고
넓은 평야에 고개 숙인 벼이삭들은
가실을 재촉하는 풍년가를 불러준다

양지바른 야산 기슭에 자리 잡은 농가들은
따스한 가을 햇살을 보듬고
겨울준비에 바쁜가보다
망중한의 여유를 즐기는 듯 숙연하지만
가을걷이가 끝나면 휑한 들판은
고즈넉하고 쓸쓸하겠지

고개 숙인 벼이삭의 황금물결은
여행객의 가슴에 풍요를 안겨준
간과할 수 없는 추억의 실타래가 되고 있다

# 4부

저기가 정상인데

# 휘청거리는 고추잠자리

정오의 태양이 아직은 따가운데
석양노을 등진 빨간 고추잠자리가
애처로운 날갯짓으로 어깨 위에 앉아서
심연의 늪에 잠기고 있다

고추잠자리는 알고 있다
비록 미물이지만
무서리 내리는 만추(晩秋)가 코앞에 왔음을
여리고 굼뜬 힘 빠진 날갯짓은
빠르게 흘러간 세월을 원망하는 몸부림인 듯
단말마의 아픔인 것을 누가 알랴
숙박비 안 받을 테니 푹 쉬었다가 가거라

# 환영(幻影)

희미한 그림자 같은
아리송한 물체가
눈앞에서 운무(雲霧)처럼
아른거릴 때
빛 잃은 태양은
가쁜 숨 몰아쉬며
바다 속으로 투신할 찰나
짝 잃은 외기러기는 북으로 날아가고
삶에 지친 영혼들은
새털구름 날아가듯
존재를 숨기고 어둠 속에 묻힌다

두 눈 부벼가며
보고 또 보아도
실체 없는 환영(幻影)은
허무만 남기고 사라진다

# 솜털구름 속으로

낙엽이 떨어지는 늦가을
가랑비가 멈춘 뒤
파란 하늘 저편에
솜털 같은 뭉게구름이
여유롭게 부유하고 있다
얼마나 정겨웁고 낭만적 풍광인가

바라만 보고 있을 때가 아니다
학을 불러 등 위에 올라타고
솜털 구름 속으로 안겨보자
모든 잡념 지워 버리고
조용히 명상에 잠겨
세월을 낚으며 노닐고 싶다

# 고요를 뭉개버린 탕아(蕩兒)


겨울의 문턱에 들어선 날
영하의 날씨는 움츠림을 강요했다


삼라만상이 숙면에 들어간 심야
고요 속에 묻혀서 잠을 청할 때
집주변이 소란스러워졌다


술 취한 주정뱅이가
고성방가로 소란을 피우니
이를 어쩌랴


세상살이가 힘에 겨워 비관했나
낭만적 광기가 분출했나


고요를 뭉개버린 탕아는
갈지자걸음으로 비틀거리며
걸어가는 모습이 처연했다

# 백수(白手)


백수의 반열에 들어선 지도
어언 24년째를 맞는다
일정한 직업 없이 하얀 빈손으로
해와 달을 번갈아 보내면서
잘도 견디며 여기까지 왔다

옆이나 뒤를 돌아볼 줄 모르고
한길만을 고집하면서
앞만 보고 가는 올곧은 성격은 힘들게 왔지만
문학을 좋아했기에 모두를 여과할 수 있었다
시간이 있으면 독서를 했고
시간이 있으면 글을 쓰면서
거치른 세파의 파고를 잠재우며
비굴하지 않고
포기하지 않고
세월이란 흐름을 타고 넘으면서
오늘의 이 자리에서 웃음을 짓는다

# 공허한 저주

대나무속처럼
텅 비어버린 생각들이
허공에서 맴돌다가
어디론가 홀연히
사라져 버린다

침잠된 사고가
어느 깨우침의 빙점에서
영감이 떠오르다가
깊은 수렁으로 함몰되어
허우적거릴 때
공허한 저주가 고개를 든다

떴다가 사라지는
봄날 아지랑이처럼
그 형체가 무엇인지
궁금한 의문점이
고개를 쳐들고
두리번거리는 요즈음이다

# 나라 잃은 슬픔을 회상해 본다

어쩌다가 나라꼴이 그렇게 되었을까
조정은 사색당파에 휩쓸리지 않고
순박한 민초(民草)들의 말에 귀를 기울였다면
일본의 속국이 되지는 않았을 것을
생각할수록 분하고 서럽고 억울하다
1910년 8월 29일은 국치일(國恥日)이 맞다
오천년 역사가 끊겨버린 한일합병 조약일이기에 말이다
그로부터 40여 년간 눈물로 세월을 보내면서
갖은 압박과 착취를 당해 왔고
통한의 눈물을 하염없이 쏟아낸 불쌍한 백성들이었다

오늘은 아흔아홉번째 맞는 삼일절이다
비가 개인 아침은 쾌청한 날씨다
집 대문에 태극기를 계양하고 방에 들어오니
마음이 울적하고 울분이 용트림을 한다
일제 치하에서 학교를 다니면서 나는 보았다
나라 잃은 백성들의 아픔과 고통을 그리고 눈물을

징병이란 영장으로 전쟁터에 내몰리고
징용이란 통지서로 탄광 광부로 팽개치고
정신대란 미명으로 일본군의 성노예로
압송 당하는 가슴 아픈 지난날들을

헤아릴 수 없이 많은 고난과 슬픔을 감내하면서
초근목피로 연명하고자 침묵할 수밖에 없었던
코 뚫린 망아지처럼 끌려가는 서글픈 장면을
나는 너무도 많이 보았기에 가슴이 쓰리고 아린다
그러나……
나라 잃은 백성들의 한 맺힌 눈물을
닦아줄 사람은 지구상에 아무도 없었다
생각할수록 지긋 지긋한 일제치하의 노동 착취
보상은 고사하고 매질이나 안했으면 좋으련만

다시는 이 땅에 나라 잃은 아픔은 없어야 한다
자유롭고 평화로운 날만이 충만하기를 기원할 뿐이다

오, 오, 하늘이여! 바다여! 강물이여!
지구촌에 살고 있는 모든 종족들이여!
조국 광복을 못 보고 먼저 가신 조상님들이시여!
바라고 바라건데, 다시는 이땅에
전쟁의 포화가 없기를 간절히 빌고 있겠습니다

# 저기가 정상인데

가파른 오르막길을
젖 먹던 힘까지 소진하면서
힘겹게 올라가는 산꾼들은
산위를 쳐다보며 이렇게 말한다
저기가 정상인데……

떡시루 차려놓고
기다리는 사람 없는데
기를 쓰고 정상에 오르려는 의도는 무엇인가
인내의 한계에 도전하면서
우듬지에 오르려는 간절함은
인간 본능의 욕구이고 희망이며
호연지기를 만끽하려 함일 게다

산 아래 펼쳐진 자연의 풍경을 조망하면서
흘린 땀의 대가에 만족하고
자연이 베푼 풍류를 즐기면서
오늘의 나를 되돌아보는 계기가 된다

# 왕년에 내가

연륜이 쌓이고 쌓인 분이
주변에서 인정받지 못할 때와
추억과 향수가 그리워질 때면
신분 상승효과를 노리는지
왕년에 내가……?
입버릇처럼 되뇌인다
과거의 그때로 회귀해
권력과 명예에 대한 향수를 곱씹으며
화려했던 지난날을 과시하고
신분 상승효과를 얻으려는
돌출발언을 하지만
귀담아 들어준 사람은 없다

얼굴에는 세월의 골이 깊게 파이고
구부정한 허리를 펴지도 못한 채 이따금씩
"왕년의 나"를 되풀이 하고 있다

# 심야의 휘파람소리

무겁게 침잠된 밤공기가
침묵으로 짓눌린 심야인데
주변에서 들려오는 휘파람소리에
고요가 뭉개진 밤이 되었소

집시처럼 떠도는 방랑자인가
고독에 목매인 나그네인가
밤에만 활개 치는 올빼미에게
이밤을 즐기자고 애원해 보지
심야에 휘파람은 왜 부는가

보석처럼 반짝이는
별들의 속삭임이 없었다면
얼마나 울적한 밤이었겠어

철부지는 들으시오
만백성이 숙면중인 야밤에
선잠을 깨워서 뭐 할래요

# 초조한 망설임

한 달여 계속된 가뭄과 폭염 때문일까
천박하고 권태로운 무력감은
늪지대를 맴도는 지렁이처럼
불안하고 초조한 망설임이
천길 먼 심연에 씨앗을 뿌렸다

밤하늘에 반짝이는 별처럼
푸른 꿈을 안고 여기까지 왔는데
물거품처럼 꺼져버린 소망은
잿빛무덤의 적막 속으로
속절없이 빨려 들어간 비운을 맞으며
돌이킬 수 없는 시행착오를 어찌하리

우주 공간에 두껍게 깔려 있는 구름 헤집고
여명의 숨소리가 들려오는 아침인데
희망과 기쁨의 이정표가 나를 반길지
간절한 마음으로 기다려야겠다

# 반달은 슬픈가

산 능선에 걸쳐 있는 반달은
고독에 흐느끼는가
쓸쓸한 미소로 누리를 비추는데
월색을 벗 삼아 뜨락에 쓰르라미는
날밤을 지새워 목 놓아 울고 있다

머지않아 무서리 내리면
미물인 쓰르라미는 죽어 없어지겠지만
목숨이 붙어있을 때까지는
노래를 부르고 싶은가 보다

슬픔을 머금은 애처로운 반달은
말 많은 세상에 환멸을 느껴서일까
안녕이란 인사도 없이
조용히 서해바다로 투신해 버린다

# 동분서주 잰걸음

푸른 잎이 노랗게 물들면
설레임과 아쉬움이 뒤엉키면서
사람들의 발걸음이 빨라진다

찬바람에 날리는 낙엽들은
모체(母體)를 나목(裸木)으로 변신해 놓고
돌아오지 않는 여행을 떠나는데
썰렁한 냉기가 빈 가슴으로 파고들어
고독의 명상에 잠긴다

얄팍한 돈지갑은
월동준비란 큰명제 앞에 고개를 떨구고
힘 빠진 발걸음을 재촉하면서
동분서주 잰걸음이다

# 나부끼는 백발

세월이 녹아내려
탈색된 백발인가
흑요석 같은 모발이
눈이 부시도록 하얀 은색으로
바람결에 나부낀다

혹자들은 염색을 하면서
젊음으로 회귀해 보려 하지만
오래지 않아 세월 앞에
무릎을 꿇는다

하얀 머리털은 이따금씩
검은 머리시절이 회상된 듯
명상에 잠겨 보지만
세월의 뒤안길에서 허허로이
낙조의 풍광에 젖어든다

# 어지럽다

영하의 날씨가 계속된
겨울의 중심에 있는 요즈음인데
봄날 아지랑이처럼
눈앞의 물체가 아롱거리는 현상이
며칠 전부터 반복되고 있다

기력이 쇠진해져서일까
집중력의 결여인가
아니면 기후 탓일까
아마도 세월 탓이겠지려니

여기까지 오는 동안
몇 번의 시련과 굴곡은 있었지만
흐르는 세월은 막을 수가 없나보다
세월은 나에게 많은 것을 일깨워준
스승이요 이정표였지
그러니까 참고 기다려야지
눈앞에 아지랑이 흔적이 없어질 때까지

# 작은 욕심쟁이

노도(怒濤)와 같이
거센 풍파 속에서
거금을 횡재하려는
욕구 충족을 위해
혈안이 된 것이 아닙니다

주어진 여건에서
조용하고 정의롭게
여생을 보내면서
아름답고 정겨운
불멸의 시(詩) 한수 읊으려고
자연을 사랑하고 관조하면서
날밤을 지새우는
작은 욕심쟁이 문인이랍니다

# 가로등

밤을 지키는 가로등은
어둠을 밝히는 수호신이고
밤길을 가는 사람들의 안내자다
하지만 때로는
쓸쓸하고 외로운 집시처럼
한 자리만 지키고 있는
고즈넉한 등대같이
고독을 삼키며 외롭게 울고 있는
가엾은 존재로 추하게 보일 때도 있다

만약 이 땅에 가로등이 없었다면
밤의 세계가 어떻게 변해 있을까
생각하고 싶지 않는 공포분위기일 게다

# 고목

푸르름을 뽐내던 그 시절
언제였는지 기억조차 없다

밑동이 갈라지고
뿌리가 썩어가면서
가지들이 시들어간 고목

그 많은 산새들마저
눈길 한번 주지 않고
푸른 잎새 가지에만 다투어 앉는다

지나간 세월을 탓해 무엇하리
산새들마저 외면해 버린
쓸모없는 고목인 것을

그러나 어찌 생각해 보면
생로병사의 순리에 부응한
가식 없는 순수이려니 이해하면
미련과 여한은 없다

# 길동무

아득히 먼 옛날
몸소 체험했던 지난 이야기

후미진 시골길
메모지 한 장 들고
초행길을 더듬어 간다
가다가 쉬고
쉬었다 가기를 반복하면서

우주의 보살핌이 있었나
길동무가 생겼다

어디까지 가느냐
누구 찾아 가느냐
무엇하러 가느냐
묻고 대답한 사이
목적지에 도착했다

지루한줄 모르고
초조 불안 없이
여유 잡고 간 것은
길동무 때문이었다

# 안 보고 안 듣고 싶다

칠흑 같은 어둠 속을 더듬어 간다
터널 속이 아닌 행길인데
어두운 공간을 헤집고 걸어가니
힘들고 괴롭지만
추한 꼴 안보니 그런대로 좋구나

귀마개도 하고 간다
귀에 담을 수 없는 막말을 듣지 않으려고
이 나라를 이끌어 가겠다는 자칭 애국자들이
귀에 담을 수 없는 막말들을
여과 없이 뱉어내는 오늘이 서글프다
의사 표현은 인격의 척도라는데
아는지 모르는지 막말천국인 오늘의 세상

독야청청 올곧게 살고 싶은데
전기불이 켜지면 이를 어쩌나
더럽고 추한 꼴불견들이 보일 텐데 말이다

# 이슬비가 내린다

이슬비인지
안개비인지
조용히 단비가 내린다
개울가에 늘어진 수양버들 잎새마저
흔들림이 없는 양반비다

젊은 시절에는
이슬비 내리는 날엔
레인코트 걸쳐 입고
거리를 거닐면서 낭만을 즐겼는데
무슨 취향에서 그랬는지
지금와 생각하니 이해가 안 된다

문명의 발달에 부산물인가
우주공간을 부유하면서
인간을 괴롭히는 미세먼지가
가랑비에 절어 낙진하겠군

# 절박한 고독

사위는 죽은 듯 고요한 공간인데
풀벌레들의 애절한 흐느낌만이
무거운 침묵을 깨면서
단잠을 저만치 밀어내고 있다

서글픈 고독을 곱씹으며
날이 밝기를 기다렸으나
시간은 삼경에 머물러 있고
천근만근 무거운 침묵만이
주변을 옥죄어 오면서
길 잃은 나그네 마냥
제자리만 맴돌고 있는 밤이다

# 새벽 소요

천둥 번개 요동치는 소리에 놀라
선잠을 깨었다
천근만근 무거운 몸을 일으켜
굼뜨게 일어나 보니
비바람과 함께 몰아치는 소낙비다

지구 온난화 때문일까
비가 귀한 손님으로 반겨지는 오늘인데
천둥 번개에 놀라지 않을 테니
흡족하게만 내려다오
식물들도 웃고 나도 웃을게

# 세심(洗心)

심산유곡 맑은 물에 손발은 물론
마음속 깊은 곳까지 깨끗하게 씻고
높고 높은 산봉우리에 홀연히 앉아
마음을 비워 냉험하고 냉철하게
걸어온 발자취를 더듬어 회상하면서
자아반성의 시간을 갖고 싶다

본의 아니게 실수라도 해서
남에게 피해를 준적은 없는지

양심을 속여 가면서
굴곡된 길을 가지는 않았는지

부도덕한 일을 거듭하면서
조상님의 얼에 먹칠은 않았는지

비굴하지 않고 당당하게
바른 길만을 고집하며 살아왔는지

하나하나 곱씹고 반성하면서
세심(洗心)의 시간을 가져보고 싶다

# 거리의 흡연자

아침 안개 자욱한 거리
미세먼지가 혼합된
어슴프레한 공간을
보행자들은 마스크를 착용하고
발걸음을 재촉한다

육십대 후반쯤인 남자가
여유잡고 담배를 피우면서
원님 걸음으로 느리게 걸어가고 있을 때
뒤따라온 행인이 손사래를 치면서
길에서 담배를 피우면
다른 사람에게 피해를 주지 않나요?

이때 흡연자는 발끈하면서
내 돈 주고 산 담배를
당신 허락 받고 피워야 하나요?

그렇게 당당하다면
그 기백 꺾지 말고
경찰서에 가서 따지세요

무식이 보초를 서고
상식이 피난을 갔나보다
세상을 살만치 살아 온 사람이
아전인수 격으로
공중도덕을 뭉개버린 악습은
이제는 사라져야할 때다

# 날개

옷이 날개라는 옛말이 생각난다
같은 몸매와 용모라도
의상에 따라 평가가 다른 것이 날개다
우아하고 교양 있게 보이기도 하고
천박하고 촌스럽게 보이기도 한 것이
겉치레의 날개다

새들의 날개는 무기요 삶이다
체구에 비애 날개가 큰 제비는
계절 따라 강남을 오고 가지만
몸집에 비해 날개가 작은 까치는
이 나무에서 저 나무로 옮겨갈 때도
힘에 겨워 짧게 날면서 쩍 쩍 거린다

날개는 생존 수단이고 지혜다
객관적 관점에 초점을 맞춘
젊은이들의 취향은 다양하다
고가품과 저가품을 가리지 않고
유행 따라 체구에 맞는 옷을 즐겨 입으며
나름대로의 날개를 선택하며 즐긴다

# 연극 같은 가을비

이석룡 지음

발 행 처 · 도서출판 청어
발 행 인 · 이영철
영   업 · 이동호
홍   보 · 이용희
기   획 · 천성래
편   집 · 방세화
디 자 인 · 이해니 | 이수빈
제작이사 · 공병한
인   쇄 · 두리터

등   록 · 1999년 5월 3일
(제1999-000063호)

1판 1쇄 인쇄 · 2019년 9월 20일
1판 1쇄 발행 · 2019년 9월 30일

주소 · 서울특별시 서초구 남부순환로 364길 8-15 동일빌딩 2층
대표전화 · 02-586-0477
팩시밀리 · 0303-0942-0478

홈페이지 · www.chungeobook.com
E-mail · ppi20@hanmail.net
ISBN · 979-11-5860-692-3(03810)

이 도서의 국립중앙도서관 출판시도서목록(CIP)은 서지정보유통지원시스템 홈페이지
(http://seoji.nl.go.kr)와 국가자료공동목록시스템(http://www.nl.go.kr/kolisnet)
에서 이용하실 수 있습니다.(CIP제어번호: CIP2019034659)